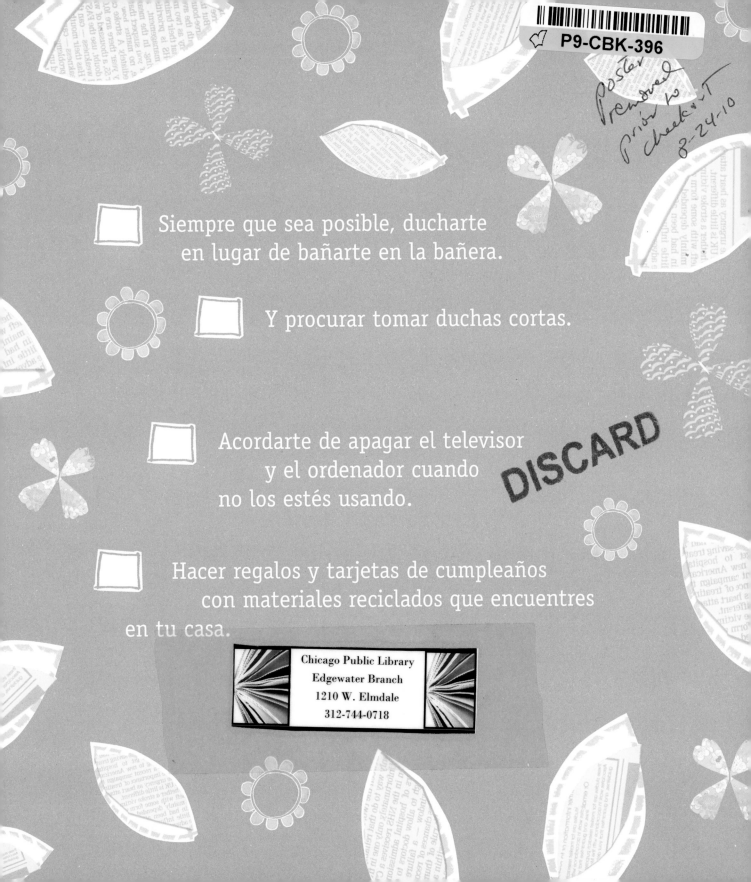

Siempre que sea posible, ducharte
en lugar de bañarte en la bañera.

Y procurar tomar duchas cortas.

Acordarte de apagar el televisor
y el ordenador cuando
no los estés usando.

Hacer regalos y tarjetas de cumpleaños
con materiales reciclados que encuentres
en tu casa.

personajes creados por
lauren child

Cuida
TU
planeta

SerreS

Juan y Tolola

de Bridget Hurst

Texto basado en los guiones

producida por Tiger Aspect

Ilustraciones de la serie de dibujos animados

Título original: *Look After Your Planet*
Adaptación: Miguel Ángel Mendo
Editado por acuerdo con Puffin Books
Texto e ilustraciones © Tiger Aspect Productions Ltd./Lauren Child
Se hacen valer los derechos morales de la autora e ilustradora

Primera edición en lengua castellana para todo el mundo:

© RBA Libros, S.A., 2008
Pérez Galdós 36, 08012 Barcelona
www.rbalibros.com/rba-libros@rba.es

Primera edición: mayo de 2008

Fotocomposición: Editor Service, S.L.

Reservados todos los derechos

Referencia: SLCE027
ISBN: 9788498670929

Ésta es mi hermana Tolola.
Es pequeña y muy divertida.
    Antes, a Tolola le gustaba guardarlo todo. Cualquier cosa.
Cajas, juguetes viejos... de todo.

«¡Se acabó!»,
dijo un día Tolola.
«Ya no pienso guardar
nada más.»

«¿Lo has **decidido**
por lo que pasó ayer
en casa de Marv?»,
dije yo.

Tolola respondió:
«Mmm, **puede** que sí...».

Ayer, Marv nos contó:

«No hay quien entre en la habitación
de mi hermano Marty.

No deja que nadie toque sus cosas
y nunca **tira** nada.

Mi madre dice que su habitación
parece una **pocilga**».

«No será para tanto», dije yo.

Cuando nos asomamos a la habitación de Marty, Tolola dijo:

«Ooh, huele fatal».

En ese momento se oyó la voz de Marty, el hermano de Marv:

«¡¡Fuera de mi cuarto AHORA MISMO!!».

Y Marv gritó:

«¡Corred!».

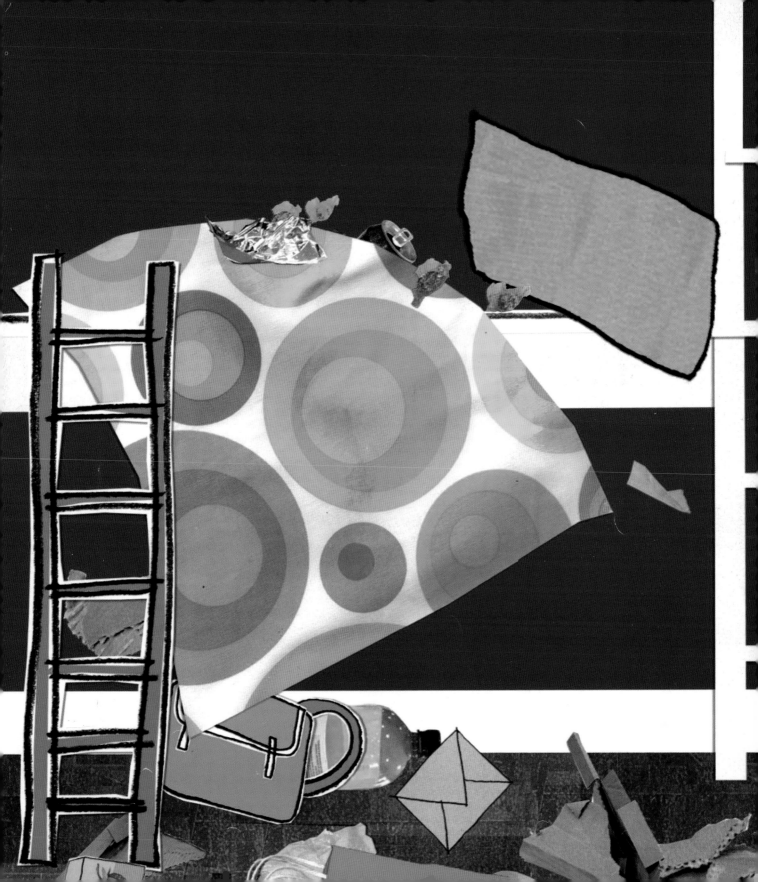

«Mira, Juan», dijo Tolola,
«no quiero por **nada** del mundo que mi cuarto
se parezca al de Marty. Así que voy a tirarlo **todo**.
Todo lo que no me sirva.»

«¿No es mejor que lo **recicles**?»

Tolola dijo:
«¿Qué dices
de un chicle?».

«No, digo que lo recicles.»

«¿Reciclar? ¿Qué es eso?», dijo Tolola.

«No es fácil de explicar,
pero digamos que es algo que sirve
para poder utilizar las cosas
de otra manera.»

«¿Y por qué?», dijo Tolola.

«Porque si lo **tiramos** todo,
acabaremos enterrados bajo

miles de
toneladas
de
basura.»

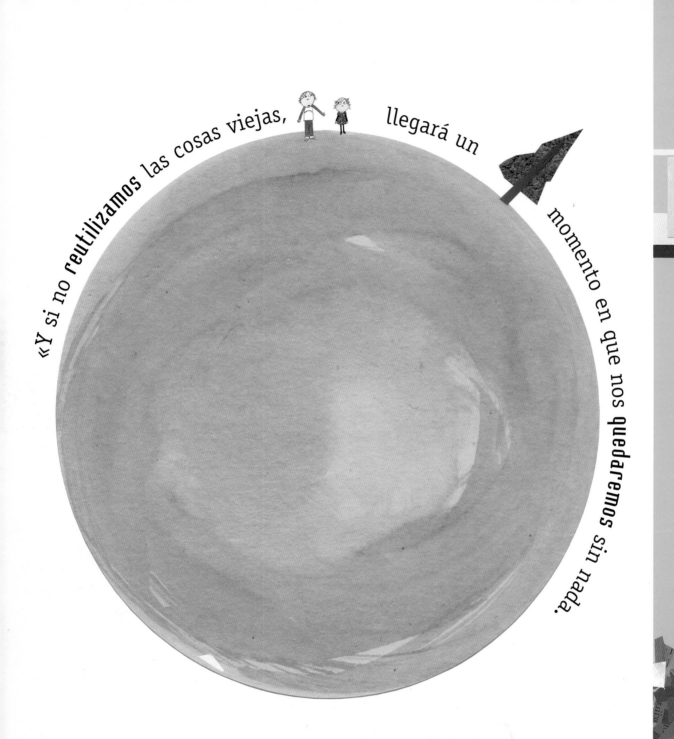

«Y si no reutilizamos las cosas viejas, llegará un momento en que nos quedaremos sin nada.

Reciclar es muy importante.»

«¿No has oído hablar de esos
sitios donde fabrican papel NUEVO
con papeles VIEJOS?

El papel USADO lo mezclan
con agua y otros productos
y hacen una pasta.

Luego la
prensan y la
dejan muy plana».

«Con ella fabrican todo
tipo de papeles como,
por ejemplo...

papel para escribir,

papel higiénico,

papel de envolver,

y para colorear.»

cajas de huevos,

«¡Qué buena idea!», dijo Tolola.

Después dijo:
«¡Mira!
Mamá me ha traído este cómic.
Se llama

Cuida TU planeta

y dice muchas cosas sobre reciclaje».

«¡Mira esto!», dije yo. «Hay un **concurso**. El premio es plantar un **árbol** de verdad.»

«¿Y qué hay que hacer?», dijo Tolola.

«Hay que recoger cosas de la calle:

cien latas,

cien objetos de plástico

y cien
cosas
de
papel.»

«¡Pero son muchísimas!», dijo Tolola.

«¡Fíjate, Tolola!
¡El cómic de mamá trae
un "árbol del reciclaje"
de regalo!»

«Por cada cosa
          que recojas
     pegas una hoja
          en una rama.
Cuando el árbol del reciclaje
          esté lleno, te darán
un árbol de verdad,
          para que lo plantes.»

     Tolola dijo:
«Me encantaría plantar un árbol».

     «Pues ya puedes empezar
a reciclar.

Esta

     caja

es para

las cosas

de

plástico,

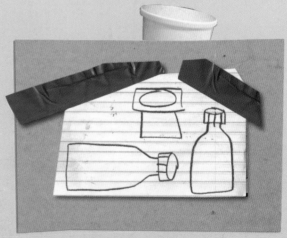

ésta

y

ésta

«Mira,
ya he reciclado
dos cosas
de plástico,
una lata de refresco,
y mucho papel.»

para

para

las

el

latas

papel.»

«¿Sabes qué?», dije yo, «no creo que nosotros solos podamos recoger trescientas cosas en sólo dos semanas, Tolola.»

Y Tolola me respondió:
«Sí que podemos, Juan.
¿Has terminado?
Bueno, pues...».

Y me dijo:
«¿Lo ves? Podemos reciclar todos estos rollos
de papel higiénico».

«¡No, Tolola, se trata de usar el papel
poco a poco, ahorrando todo lo posible,
para que no haya que cortar tantos *árboles*!
Y, luego, reciclarlo.»

«Ah, vale, Juan. Pues
tenemos que pegar
más hojitas en el
árbol del reciclaje.
Podríamos pedir ayuda
a nuestros amigos.»

Al día siguiente, en el colegio,
Tolola dijo:
«Tenemos que salvar los árboles si no
queremos quedar enterrados bajo miles
de toneladas
de basura».

«Si llenamos este **árbol** de hojas, podemos ganar un **árbol** de **verdad** para plantarlo en el cole.»

Todo el mundo estaba muy emocionado.

«Hay que **reciclar**... pásalo.»

«Hay que **reciclar**... pásalo.»

«Hay que **reciclar**... pásalo.»

Y todo el colegio se puso a **reciclar**.

«¡Mira todo lo que he encontrado!»

«¡He traído muchas cosas!»

«¡Eres una **recicladora** estupenda, Lotta!»

«Y tú, Morten,
¿no haces nada?»

Morten se marcha
a su casa...

y encuentra muchas
cosas para reciclar.

Cuando terminaron la recogida,
Tolola dijo:
«Oh, no. El árbol del
reciclaje NO está
completo...
así que NO
nos darán el
árbol de verdad.»

Entonces
llegó Morten.

Lotta dijo:

«¡Mirad
todo lo que
TRAE!»

Y así pudimos…

...completar **todas** las hojas del **árbol del reciclaje.**

«¡Gracias, Morten!», dijo Tolola. «Eres un reciclador buenísimo.»

Marv le susurró algo a Morten:
«¿De dónde sacaste todo eso?».

Y Morten dijo:
«Del cuarto de Marty».

Marv dijo:
«¡No sabes
en qué
LÍO
te has
metido!».

Al día siguiente, en el cole,
salimos todos a plantar nuestro **árbol**,
auténtico y verdadero.

«¡Bien!», dijo Tolola.
«¡Bien por nuestro **árbol**!»
«¡Somos unos **recicladores** increíbles!»

Después, cuando estábamos reunidos
en casa de Marv, oímos...:

«¿Quién
entra
en r
CUART

«¡Vámonos de aquí!», dijo Marv.
Y Morten dijo:
«¡Corred!»

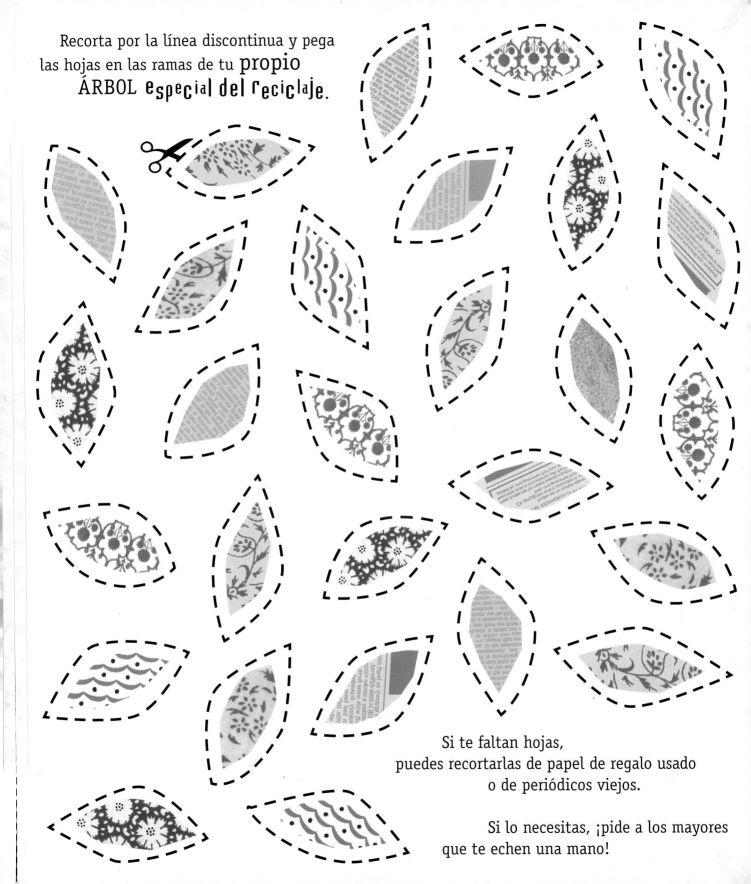

Recorta por la línea discontinua y pega las hojas en las ramas de tu **propio** ÁRBOL especial del reciclaje.

Si te faltan hojas, puedes recortarlas de papel de regalo usado o de periódicos viejos.

Si lo necesitas, ¡pide a los mayores que te echen una mano!

Más propuestas **muy buenas**
para

Cuidar EL planeta

Siempre que puedas,
ir a la escuela en bici
o caminando.

Acordarte de cerrar todas
las puertas de la casa para
guardar el calor.

Animar a todos tus amigos,
familiares y vecinos a reutilizar
las bolsas de plástico.